尘土之上

三锋 著

长江文艺出版社

三　锋

本名张尚锋,籍贯湖南湘乡。从军15年,现居云南玉溪。系中国作家协会会员,鲁迅文学院新时代诗歌高研班学员。作品散见于《诗刊》《星星》《诗选刊》《诗歌月刊》《诗潮》《草堂》《边疆文学》等刊。曾获"中国长诗奖""滇东文学奖""玉溪文学奖"等若干奖项,诗作多次入选各种年度选本。

序　言

读诗人三锋：自我与时间段的偶遇

海　男

读诗在这个时代很边缘，也很奢侈。不是在任何时刻都有读诗的背景和情绪，外面很喧嚣，当然，自媒体铺天盖地地渗透，诗歌也许会被更多人阅读，但悄无声息的品读，确实需要内心安静。所以，完成了许多芜杂事情后，我终于用一颗安静心，面对三锋的诗歌。

三锋跟我有几面之交，但每一次短促见面，都能感受到他眼神深处的语言。我习惯了透过人的眼睛，感受那眼眶里的尘埃和天空的云絮——但这两者只有诗人会呈现。人世太艰辛，更多人都在为生存游戏而挣扎和努力。诗人，本就是这个世界上的极少数人。如果世界上每一个人都写诗，那么我们的世境会变得更虚无缥缈。

在与三锋的短促晤面中，我们从来没有时间谈论诗歌。其实，诗歌并非是谈论出来的，好诗人的诗歌都是在孤独中历练出来的。在三锋的诗句中，我似乎隐形地看见了他诗歌的领地和版图。有时候，诗歌真的不是要"懂"才来写，要的是感觉，是记录和解析心里真实声响的跳跃性融合。每个诗人生命的出发点，其实就是他诗歌的原乡。三锋是湖南人，在滇结束军旅生涯后，留在了云南玉溪。湖南作家、诗人总是给予我一种丰富的神性——这来源于他们出生后所面对的山水以及他们的饮食习惯，湖南出了很多伟大而杰出的王者和作家、诗人，也许都跟他们的水土有关系。

湖南与云南的山山水水有许多相似的地方，诗人生活的玉溪，有著名的烟草也有天堂般的抚仙湖。我谈到这些外在的存在，其实是为了更好地感受诗人的诗境。读三锋的诗歌，选择这个上午写下这些感受，是因为昨晚下了一场大雨，有闪电和风啸，在暴雨和闪电中读诗人的作品，自有一种奇特的感受：沿着这些分行的诗句，一个诗人的灵魂必然引领我们进入诗歌的结构和语境。

读三锋的诗歌，可以看到他的往昔和未来，读他内心所经历的诗歌及人生历程，从《窑变》到《与制鼓人侃闲》《多年以后》《寂寞令》等等，他都在写身边的时空变幻。诗歌出世之前，诗人内心都会经历的一场煎熬，类似炉火熔炼的"窑变"，他的诗歌充满细节，以最贴近生活的原型呈现出了诗人的诗性生活。阿多尼斯说，诗歌的意义在于"撄犯"。这个有点拗口的词，对于诗歌，却可以形象地概括到许多，甚至生动表现了一个文字体系被擒拿的状态。《多年以后》《寂寞令》等，结构缜密，语言的诗性与诗的语言，意境设置、心理动态、诗歌向度，所有一切都在表达着诗人对人生、现实、情感的解析，大有除去巫山不是云的惊颤，颇具"撄犯"的职责，充分体现出诗歌的独特魅力。孤独和寂寞是如此美丽，孤独和寂寞也如此喧腾。诗写的终极不是矫情，是情怀！好诗人都是预言家，也是星象学家，他们沿着天与地之间的方向往前走，那种孤独和寂寞——必然产生与万物万灵的神秘关系。诗歌的最大功能，造就了虚无和现实的链接，这也是一个优秀诗人倾尽一生所探索并创造的语言。

　　三锋的诗歌就像齿轮连接着俗世的声音，那些缓慢而疾速的音律中，每一首诗歌都是他经历的故事和烟火升腾。读他的语境，内心深处感受着他的悲悯和疼痛，他的诗作外向性极强，作品意象具体、真实、疼痛，真正让诗歌融入了生命。这是一位有责任感和文学理想的诗人，这样的诗人会时刻洞察时间的变幻莫测，同时，又要准确地表达自己的内心和诗歌的理想，这也意味着诗人总要在尘世里保持着独特深邃的判断力。

　　整部诗歌集，犹如一幅幅画卷，展现着诗人的滇中生活,传达出诗人的诗意追求和探索精神。杰出的诗歌体系,需要诗人以自己的命名和隐喻,发现自我与时间段的每一次偶遇,所留下的时间轨迹。三锋的每一首诗歌,都是偶然中抵达他视觉和内心的符号学,也是云南版图上的漫卷。在立秋后,再次读诗人的诗作,仿佛在倾听着生命成熟的演奏曲,飞鸟和秋蝉的翅膀和羽翼声,穿过了他诗体的世界,或许,这就是诗人追寻的诗歌之境。

名家推荐

身在现场与有感而发，三锋诗歌写作的这两个特质，使其作品既秉承了中国诗歌的古老传统，同时又具有了现代汉语诗学中语言与诗人共生的奇异倾向。他的作品结实、开阔、自然，有着强烈探究事物真相的侠义与旺盛的精神属性。

——雷平阳（一级作家，云南省作协副主席，中国作协第九、十届全委会委员，鲁迅文学奖获得者，云南师范大学特聘教授）

三锋是具有多重精神面目的写作者，既有人间烟火的淬炼又有精神心象的磨砺，而二者又处于彼此摩擦、叩访之中。其诗既有起伏的命运感、生存自审又有介入现实场阈和时代情势的情怀、骨力。无论是向外的凝视、行走、争辩还是向内的冥想、盘诘、独语，他总是让我们感受到一个诗人的真切、真诚、真知。

——霍俊明（评论家、诗人、研究员，中国作协《诗刊》社副主编，中国作协青年工作委员会委员）

三锋的诗句，是采风者的偶得，犹如云南高原那些森林边缘的小径，走着走着，就能与更古老的民间精神相遇，有时是勘破人生的妙悟，有时是飘荡千载的万古愁。

——李元胜（诗人、博物旅行家。重庆文学院专业作家，重庆市作协副主席、中国作协诗歌委员会委员，鲁迅文学奖获得者）

军旅生活的经历与影响，使三锋的诗具有一种"中锋正笔"般的传统力量；多年的诗学积累，又在他的诗中增添了不少现代性元素。因此，三锋的诗具有一种独特的立体感——这种立体感源自传统与现代的交织，源自他诗中独具匠心的意象捕捉、情节植入与情感运行，也源自他对生活的深刻体验与深沉思考。期待三锋在诗路上一路高歌前行，成为威震一方的猛士。

——刘笑伟（诗人，中国作协第九、十届全委会委员，中国作协军事文学委员会副主任，鲁迅文学奖获得者）

三锋的诗歌就像齿轮连接着俗世的声音，那些或缓慢或疾速的音律中，每一首诗歌都是他经历的故事和烟火升腾。读他的诗歌，内心深处感受着他的悲悯和疼痛，他的诗作外向性极强，作品意象具体、真实、疼痛，真正把诗歌融入了生命。

——海男（作家、诗人、画家，鲁迅文学奖获得者，云南师范大学特聘教授）

目 录

第一辑
去哀牢山

去哀牢山　003
与制鼓人侃闲　005
访建档立卡户不遇　007
像生活中突然少了一头牛　008
扶贫者说　009
来与回　010
落日也有面红耳赤的时候　011
在平田村　012
警示词　013

我们几乎同时动容　014

栽烤烟　015

夜宿哀牢山　017

在戛洒江畔　018

哀牢山间　019

南恩瀑布，一个村庄的名片　021

稻草人　023

徐照全和他的 101 只羊　024

恩水公路边的牧羊女　025

木瓜树　026

平田村的光棍　027

放倒的甘蔗是甜的　028

哀牢山上，谈及命运　030

平田村小语　031

轻声吟　033

大红山矿区看落日　035

仿佛自己做了一件亏心事　036

老屋　037

立春，富良棚赏油菜花　039

谁也无法左右一条流水的走向　040

红河第一湾　042

空山寂寞 044

在戛洒 045

回到哀牢山 046

洲大河的芦苇 047

开在群内的樱花 048

第二辑
凭栏湘江

凭栏湘江 051

在屈子祠 052

橘子洲头 053

尘土之上 054

过寒山寺 055

鸡足山 056

在西坡，聆听大树杜鹃的教诲 057

静乐庵 059

洱海观雨 060

问路 062

石门关 063

抚仙湖的黄昏　064

过大理　066

在孤山　068

冬日物语　069

二月十四日　071

聂耳铜像　073

落日下的孤山　074

过文殊院　075

姚安记之龙华寺　076

松山寺檐下的青灯　078

登那色峰海，访十万大山而不遇　079

在罗平金鸡峰丛　081

男人　082

核桃源　083

海景房里的壁画　085

藐视　086

九龙瀑布遐想　087

新年　088

莫让一些无辜的花草飘在风中　090

吉时　092

清明，在湘潭遇某君　094

在渔村　096

第三辑
多年以后

多年以后　099

窑变　101

父亲的墓地　103

父亲的墓碑　105

像谁从来没有亏欠过谁　106

跪向父亲哭泣　107

寒食日　108

往与生　109

祭扫　110

还有许多事要做　111

守车人　113

别子书　115

给孩子　117

回到虎冲村　119

寂寞令　121

致聂耳父亲聂鸿仪　122

红蜻蜓　124

入戏　126

夜宿洛阳　128

井冈一夜　130

虚晃　132

桃花渡　134

在积石关　135

祷告词　137

女神节　138

俗世　140

画你，难画沙　142

在这春天里　144

肾结石　145

钱瓜山，桃花又落了一朵　146

中秋，我去了一趟搬迁后的烈士陵园　148

风雨桥　151

洲大河　152

与一棵树划拳　153

忆磨盘山　154

藏在蕊里的风骨　156

与父言 158

我爱人间的回光返照 160

访谈:俗尘下的春天 162

第一辑　去哀牢山

去哀牢山

必须带一个吊床,夜黑风寒

不适合太接地气

干粮要保证足够,水不用带

遍地清流

不要开荒种菜,山上有蕨,有蘑菇

还有野芭蕉、毛竹笋

不要带被褥,有落叶可以覆身

不要背刀挎枪,能不杀生就别杀生

不要带火,钻木可取

离开时记得熄灭

不要带手电和指南针

白天跟着太阳走

夜晚跟着月亮走

要记住,绑吊床的时候

选两棵生老茧的树
握着拳头的
不怕痛的，经得住摇晃的
不要给哀牢山任何一棵草木
平添新的伤口，

与制鼓人侃闲

学庖丁解牛，要一块完整的皮

磨皮村第四代制鼓人杨学林在讲
制鼓的过程
杀牛，剥皮，石灰水浸泡两天
风干，用胡桃木支架撑展
就制成一面鼓

真够牛的，老黄牛死后
还留下喧腾的声

突然想，待百年到来
把眼角膜捐给盲人，继续打量人间
躯体，自古乃身外物
交给医院做大体老师吧
那一架灰白的骨骼

不会喊疼

它仅是我存于尘世的代言

在寂静里,与风讲述我凡俗的一生

访建档立卡户不遇

木门紧锁，久叩不开

电话拨了三次，无人接听

乡亲告诉我，他膝下俩儿

外出打工，皆光棍

今日出门打扫大街，在小镇

爱喝酒，常大醉

一个人在深山抵御峡谷的风

去南恩瀑布的朋友

过平田村

如果你在路边，见到

一个六十岁的老汉

说梦话，娶儿媳妇

那是我的联系户

帮我把他叫醒，给我发微信

像生活中突然少了一头牛

丈夫去世后,她养了一条狗

落日下,就相伴到山坡上遛遛

如影相随的日子,不可还原

化骨成灰的那一天

她哭干了所有的泪水

逢人就说

那么大一个人,咋就剩下这么一点灰

残月当空的夜晚

她望望窗外空茫茫的群山

像生活中突然少了,一头牛

扶贫者说

落日下,羊往山上爬
无非只为证明
白云生处有人家

我们沿着溪流,大步流星往下走
落日把金黄的涂料
抹在我们的脸上
风吹的茶马古道,已无炊烟
哼一首古老的歌谣
在南恩瀑布前合影,流水如练
如剑,落日是个金刚罩

远远能看到,山下的集镇
灯火闪亮,身后的哀牢山
晚风习习

来与回

刨根问底，揭他们陈旧的伤疤
嘘寒问暖，找他们最新的痛楚
我只有深入现实生活，方能做贴心的人
一个日记本，厚厚的
记录平田村日常而琐碎的事
设身处地、换位思考，才有质朴情感

离开时，正是雨季
破旧的福特车在山路上摇晃
吱呀的响声，像抽泣
我貌似坚强，却已泪眼婆娑
回望哀牢山
我的心，如水一样的柔软

落日也有面红耳赤的时候

到底有多少话,憋在心里
如果换作我
就会接受,这一天
被沉沦的命运

落日也有面红耳赤的时候
在平田村,我长久地盯着它发呆
直至,它消失在谷底
而我,消失在暮色里

在平田村

这地无三分平的半坡山寨
坐拥的不过是众多悬崖、几面绝壁
要怎样地异想天开
才能叫出"平田"这个地名

村委会里,未等我开口
春风先发制人,堵住我的喉咙
刀姓村支书,早已练就一双透视眼
抢先一步表达了谢意

春风走漏我带来的好消息
惠农立项,已获相关批复
还不能喝酒,不是欢欣的时候
待花开果熟,一个外乡人的心才能落地

警示词

山路如绳,在此处急促回头
分批次牵走了六条人命
祭文无从下笔
生死簿上有人报到,无人签名

在平田村与平寨社区的接壤处
我必须直面,每一个黎明与黄昏
打此路过
一定使劲把喇叭按到最响,声嘶力竭
以告诉那些亡灵,为他们申冤

我不会讲生死轮回,太长
不会讲命运多舛,很苦
我能够想到的警示词只是:
这里出走六个素昧平生的人
生命很贵,且只有一次

我们几乎同时动容

母亲的样子,早已清屏
父亲也死于癌症
那一年,刚考上云南农大的李金职
成为这个家庭的新掌门
82岁的奶奶,为他驻守戛洒的老宅

上门走访,见到等待考研结果的大男孩
他焦虑,因奶奶的身体和求学的费用
我知道独木难撑,尽力弯下身
去轻抚年轻的肩膀和老人弓形的背

临别,我说,孩子别怕
我们在,镇政府和村委会都在!
眼眶顿时湿润,我与他
几乎同时动容

栽烤烟

只能因地制宜
但是也可以，精细化管理
直线加方块整齐划一的理念
融进群众的生产生活中，很有必要

在米尺莫村语文小组的烤烟地
我给到场的农户讲：
把土地规整好
严格精细控制行间距离
科学施肥、培土、除草、杀虫
待到八月烤烟成熟的时候
青山巍巍，烟叶列队
是不是有点
干净整齐的感觉

那些农人，可爱得一哄而散

三五分钟后,他们从家里取来了皮卷尺

夜宿哀牢山

与一座山喝酒
所有的草木都在为我撑腰

与一轮明月干杯
满天的繁星
都是陪客

在戛洒江畔

霞光虚构佛像,鹰,居庙堂之高
往来之人
处江湖之远
戛洒江咆哮,浊浪滔天
一次又一次对着河床
施黑虎掏心的狠招
鹅卵石一个侧翻,纷纷跌落
没有一颗回到故乡

哀牢山间

江水在枕边侧卧,日夜抒情
南恩瀑布高悬,放映一部老电影
顶峰之上,石门洞开
迎侠客来,古道悠悠
回荡久远的马蹄声
朝阳谱成五线谱,歌唱幸福的生活
哀牢山,是靠山
护佑一众苍生

万物有灵,绘一幅乡村振兴的图景
每天可以听到催人奋进的声音
傣族部落,是一部传奇的迁徙史

云海、朝雾、鲜花、甜橙
芒果、荔枝……
都心怀盛世的甜美

适合在这里跳舞,穿长裙,听小调
适合在这田间背秧箩,扭花腰
泼圣水,编五彩缤纷的梦!

爱人,我们更适合在这里度过
所有的黄昏
看炊烟长成大树,扶摇直上
而落日,像一束秘而不宣的手电光
捕捉蛙声,也捕捉蝉鸣

南恩瀑布,一个村庄的名片

绿水穿针走线,独辟蹊径

与青山做伴,装裱出小镇

——其中一个宣传栏

声名远播的瀑布,从天而降

镶嵌在画面中,日夜欢腾

河水坦荡、干净,练达一身正气

两袖清风,是一个村庄的风水与命脉

瀑布雪白如银幕,循环放映着

脱贫攻坚与乡村振兴

有效衔接的微电影

悬崖上,红日磅礴,拨云驱雾

四季跳动着轮回的音符

仿佛祖先在念

生生不息的经文

往来的人,用尽感叹和赞美

都是影评,圣水是晶莹的

有光芒万丈加持、护佑

在时代的征程中,每一滴都有

纵身一跃、舍我其谁的勇气和力量

世间万物,都是自己的广告词

南恩瀑布以这样的方式

生动地呈奉上平田村

不卑不亢的名片

稻草人

让稻草人站岗,吓的只是鸟
稻草人好使唤,让它披衣
它就披衣
让它戴帽,它就戴帽
有时也可以让稻草人反串
让它举手投降,挥白旗

稻草人不多话
可人还是希望它能发声
在新平,平田村的山坡上
我看到一个稻草人

手里握着一杆枪

徐照全和他的 101 只羊

割下自己大腿上的一块肉
补在左手小臂上,用最好的麻药止痛
也无法恢复他曾经自如的模样

左手成为一种摆设,就改用右手放羊
火塘埋葬所有的苦涩
我告诉他,眉毛舒展就有希望

现在,他蹲下身去
把汗迹斑斑的钥匙插进生活的锁孔
陪我近距离探视他的 101 只羊

窗外,是三亩老品种大红果
那金灿灿的一小片幸福
在平田村的山坡上承接阳光

恩水公路边的牧羊女

去耀南山顶观云海的朋友
如果,在恩水公路边
遇到一位面带微笑坐石坎小憩
且,身怀六甲的牧羊女
别让车喇叭声惊吓到她
那是我农民兄弟徐照全的当家人

她挥着的羊鞭,没有敌意
身旁几只被照管的母羊
也已大腹便便。她们都是,准妈妈

木瓜树

摆脱贫困后,罗有福又在门前
栽满了木瓜树
十年前父亲重病
脖子上长出几个暗瘤
寻遍良医不见好转
他把所有的怨气都转移至
门前那棵累累木瓜的树上
仿佛
父亲是被那些沉甸甸的果实
掐断了脖子
去年卖木瓜致富后
他才反省,这一生确实
误会了一些人和物
那些挂满枝头的木瓜
真的,与父亲癌症晚期无关

平田村的光棍

山头很大,不寻另立,不闹事
共有三十多个,苦练童子功
爱喝酒,三五成群喝,一个人也喝
从日出开始,喝到正午,喝到黄昏
下酒菜是风,西北风,山中遍野都是

不算太懒,会养猪
会骑摩托运去山下集镇卖
然后一个人折返,不去远方
有那么几天,手里必握一根长棍
敲满山的核桃,硬碰硬

某日,养猪最多的一人突然娶妻
渐渐,喝酒人少了,猪、羊越来越多

放倒的甘蔗是甜的

子嗣弃山外出,家中无壮士

老汉提刀上阵,坡上应战

一根甘蔗就是一个对手

一片蔗林就是一个黑压压的战场

老汉挥舞镰刀,左右突围

麻利地放倒所有敌人

在平田村,地无三分平

每年都有这样的博弈

我们会如实记录过程

会求助山下援军

会谈起贫瘠渐远,谈到命运和死亡

谈到道德与法理,谈到流亡天涯的人

难断悲悯心

老汉已撂下刀,捆扎、搬运、收钱
他舔了舔嘴唇说,放倒的甘蔗,是甜的

哀牢山上,谈及命运

奋力登顶后,白云就放下了身段
与我握手言和
白云有多高的头颅
我们就有多高的抱负

途中,谈及一个女人
日出而作,日落也不归
在太阳下低头,在月亮下也低头
一生都在忍气吞声

山顶上,又谈到那个女人
树上掉下来一个柿子
仿佛在提醒,我们想要见的那个人
已经不在人世

平田村小语

那片核桃林，那坡柑橘园
那延绵魔芋畦
应该就是平田村的颜色

那跌宕的南恩瀑布，那日夜流淌的戛洒江
应该是这个村寨的声音

看黑山羊群满山，看贝贝南瓜又一季采收
我终于，日渐心安和欢喜

下乡两年，这哀牢山间的小村子
恍如我另一个衣胞之地
每当路过村头，与老何家大黄狗相遇
它都摇头摆尾迎来，然后狂热亲昵

在村东南边"花腰田间"的扶持书屋

面向朝阳挥手

所有的山风与霞光

为"乡村振兴"的巨细,而喧腾

踏实、尽心,是我不变的初衷

平田村生生不息的炊烟

是人间最美风景

轻声吟

今天的核桃花,开到正好

油菜结籽了,那姿态,圆鼓鼓的饱满

大地草木繁盛,春天已在向夏季做交割

哀牢山上,徐照全的母羊生下两只羔子

一位村民打市长热线

说:让驻村的张书记,留下吧

收水果的老刘赶来,握手不撒

转身时放话:秋天,还帮我们上网吆喝

我向水稻秧和玉米苗作别

祝它们茁壮

石门峡的石桥,以后请不要打滑

幸运是偶然的,我不会总能救下跌倒的人

到来与离开,都想如雨打芭蕉,润物无声

多少年后,愿我的脚印仍在山野,伴着牛羊

大红山矿区看落日

一直没有勇气,下沉井底
有人告诉我,大山之下
有延绵不绝400公里的路线
是红尘之中,正在建设
而永远不会开通的高速路

机器代替人工,产量的增长
带来的是人气萧条
那么多人曾来过,现在都已离开
而我们,今天仍在努力预测
明天的改变

只有落日天天西下
让我常常担心
好怕它一脚踩空,跌入矿井深处
再也爬不起来

仿佛自己做了一件亏心事

一锄头下去,睡在地里
好好的一窝马铃薯
被我刨得四分五裂
主人蹲下身去
用衣袖轻轻地擦了擦,粘在
它们伤口上的泥土
这个小小的动作让我局促不安
仿佛自己做了一件亏心事

老 屋

土墙被风霜雨雪剥落
蜘蛛大张旗鼓
编织人去屋空的关系网
阳光,从千疮百孔的石棉瓦顶漏进来
放农具的杂屋,关牲畜的草棚
一切都已匍匐
唯有几根结实的木头
顽固地支撑着主人
二十年前新婚时的洞房

这是村委会委员龚照云
生儿育女的地方
灌木在院子里疯长
飞机草爬上墙头
屋檐下,两块磨刀石如一对冷眼
惊讶地打量

当初磨刀霍霍的青年

如今已苍苍暮年

立春,富良棚赏油菜花

落日背负使命,委身于大地
铺陈一张盛大的圣旨
皇恩浩荡,立春奉献了
最壮观的一次彩排!

千万只蜜蜂拎着箭矢
"嗡嗡嗡"地发誓
向富良棚效忠!

谁也无法左右一条流水的走向

抽刀砍水,见不到伤痕
所有的水,都会以瞬间合拢之势
好了伤疤忘了痛
哪怕腹背受敌,水总能以柔克刚

其实水并没有以柔克刚
要相信,刀过之处
一定会留下痛
要相信每一滴水都有它的脉络和断面
万物有血,哪怕是一株小草
一粒尘埃,水也如此
我们常说,血浓于水
只是,众目睽睽之下
血性隐藏
看到的永远是水的晶莹

水会忍辱负重，但
水一旦咆哮，大风浩荡
谁也无法左右一条流水的走向

红河第一湾

红河是一条巨蟒,在此处蠕动
吐着血红的信子
沉沙低调,在河床翻滚,隐匿
一个古老的战场

岸边,无数的攀枝花
在挺拔的灌木上怒放
像指挥一条江水的岗亭
江中来往的小舟,以它们为
参照物
赶渡的人,通过花开花落来判断
季节的更替
蔚蓝的天空偶尔飞过一群野鸟
火红的浮云
让高原更具血性

江水踉跄,扬长而去
而江中那块暗红色的礁石
始终纹丝不动
像一个碰瓷的老人
一生都坐在原地索赔
没有人把它当成一种隐患

空山寂寞

核桃树褪去最后一片衣裳
在云海中裸泳
青苔悄然爬上树干,试图遮住
这百年老者的隐私

秋风敲窗,不怀好意
老箐村小组的"妇女之家"
大门紧锁
挑逗或诱惑都是徒劳的

张贴好告示
匆匆离去。空山,寂静
脸红和羞涩
仿佛只是我这外乡人的事

在戛洒

四月,你至
金碧辉煌的小屋,镶满傣族的图腾
扫地,除尘,铺床,装被套
这些曾属于我个人的事
都被你承包

热带蚊虫多,用酒精消毒
戛洒江侧卧,热血沸腾
子夜看旧片,烈火金刚

晨起逛市场,买荔枝、芒果、水蜜桃
留下小部分,自己尝
其余的寄远方
傣家生活的甜,要找人分享

回到哀牢山

我们曾在核桃树下约定
常回哀牢山
那时,大黄狗趴在树下
把尾巴翘得老高,左右摇摆
示意自己可做见证

春天又一次回到大地
我如约而至
哦,我的老乡亲
你却寿终正寝,远离人间
寨子的朝阳与落日仍来陪我
而那一只摇头晃脑大黄狗
因你的出走,再不见踪迹

洲大河的芦苇

洲大河沿岸,芦苇白头

却被我一直忽略

整个冬天与春天,它们都很耀眼

发出银质的光芒

有时,表面衰老的事物

不过是一种假象

如洲大河的芦苇,就是人为制造的

少年老成的风景

某日经过,见一只甲虫

背负着河山,顺芦秆攀登

这不会思考的小东西,是把那苍苍白头

误以为雪山

开在群内的樱花

在群内出现的几树樱花,有些张扬和火爆
像极我从无掩饰的性格

我喜欢真实的人与事
在时下,鲜明是一种败笔

但我认定,花,就应当这样
开到舒展、灿烂,无所顾虑
人,也应当这样
不要阴暗、猥琐和虚妄

樱花,用短暂的一生
彻底释放和燃烧自己
而我的生命
何不在匆忙中,刻满花一样的盛放

第二辑　凭栏湘江

凭栏湘江

就着长长的水路
湘江上,流转了一些思念
江水向北,我向南
为生计与心上的人,客居云之高原

橘子洲头,我不敢与江水对视
大江浩荡,像我对故土的情愫
在人间
有喜有忧地延绵不绝

在屈子祠

黄昏,我来
寒气渐起,人迹罕
祠堂太空旷,可以坐下诵读

《楚辞》厚实,填满每个屋角

两丛湘妃竹在时光用旧的门楣外
枝叶摆动,发出窸窣声
那些低呢
像极来自战国时期的,兮字尾音

橘子洲头

湘水指路，我这一次没有
误入歧途

风从下游来，水波倒推
湘江不改初衷
继续北上，风起云涌
八百里洞庭笑纳

大浪淘沙，淘一粒干净的水
惊涛拍岸，分分合合
水里的事，岸上人看

历史会有回声
大局已定

尘土之上

山下的江水抱着石头，抚慰了一番
扬长而去，尘土之上
有太多狠心而决然的事
对此，我心照不宣

天空再次放晴，蟋蟀又开始唱念
雨季退居幕后
水落石出，极目处
河床隐喻了太多千疮百孔

浮云、晚霞都是金灿灿
仍然治不愈异乡人寒凉的心肠
他望天，看云
看自己的孤影，忽生莫名伤悲

过寒山寺

流水作古,冻结山涧

万物凋敝,雾化身为冰

在光秃的枝头上小聚

踏雪而至,梅花开在异地

唯有破土而出的竹笋

释放出春的信息

气温一降再降,至零度

那些原本柔软的事物

都有了硬度,如:山中的落叶

晨钟与暮鼓

脚下的冻土,以及寒山寺里

菩萨的心肠

鸡足山

群山逼仄,木鱼在这里
能听到自己的回声
白云织素裙,系于山腰
暖风暧昧,一再试图把它褪去

夕阳倾斜,暮鼓不再敲打人间
鸟鸣,山更幽
狭路相逢,小和尚眉清目秀
不似看破红尘的人
庙宇早已丰衣足食
化缘又叫云游,念经者的采风

遁入空门者有来去自由的客
写字吟诗者是反观俗世的僧

在西坡,聆听大树杜鹃的教诲

开门见山,有失远迎!
你从滇中来,星夜兼程八百里
说久仰我盛名。过誉了!
命里为花,富贵也好,清贫也罢
你听过的也许只是些风流韵事

背靠大理,我被发配西坡
百年风寒,最初只为苟且求生
未曾想占山为王
天无绝花路,我在盛世开
引凤凰来栖,百鸟巢居

三千米海拔之下,已无更好去处
把我妩媚赐你
可抚摸,可亲吻,可说悄悄话
我守口如瓶

不可摇曳，不可采摘、践踏，不可亵渎

勿以借出山之名，移我面市
否则，我将绝命于穹窿之下

静乐庵

匍匐在古柏上的松鼠,连同枝头倒影
被斜阳摁在蒲团上
像一个负荆请罪的人

清风有智,将案桌上的经书
翻了几页,又合上
宽恕一切便是放过

大雄宝殿梵音阵阵
师傅与施主,讲老方丈圆寂的事
千秋功德,留在后人的口中

满院的花卉开放,争相斗艳
唯有佛手端坐在秋天的枝头
念:阿弥陀佛!

洱海观雨

抵达之后,天空就开始种豆
洱海上均匀开无数朵花
伴湖而居的战友为我设宴
窗朝水平面
陪酒的当地人赞我如神
带来了风调和雨顺

风继续吹,吹了几千年
万千株垂柳演示着风的姿态
花有些新面庞,是外来的物种
雪化成水,沿苍山流下来
雪白的面积越来越少时
山青色就多了几分
小河淌水的歌声突然响起来
蝴蝶泉在另外一个小镇
我还是不太愿意相信

交头接头的声音都是人工合成
雨水轻拍水面,像一首抒情的歌谣
月光躲在云层深处

暂不想成佛,人间那么多
风花雪月的事
但我知道
一个王朝现在就在我的脚下
一个朝圣者的情诗
泡在我频频举起的酒杯中

问　路

青龙寺前，向僧问路

落日豪放，风，放倒麦地，又起
制造一片金黄色水域

出家人的内心有一座雪山

他手指顺时针旋转半周，说：
往南通抚仙湖，往西达杞麓湖，往北
百里开外，是五百里滇池

僧又说：浪子，无须回头
每一处都可以接受洗礼

石门关

石门关一侧身,就亮出了自己的
佩剑,悬崖如鞘
阳光下,锋刃上闪耀着腾腾杀气
镇心术不正的人

低头,脚下是红尘
多少人却步
而栈道直插云霄
我凌空舞剑,仰天长啸
信手,采万丈光芒
挥毫写下——

美人不会迟暮
英雄没有末路

抚仙湖的黄昏

用"嘘"声
制止桨板搅起的欢乐
我们静坐
鱼翔浅底,无风也无浪
鹰悬长空,仿佛没动
摆渡人又开始骄傲
说水下的城墙
孤山作为坐标
始终沉默不语
这是真正的静如止水

天边,火烧残云
水天接壤之处
突然就蹦出了一轮

有些人说它是落日

有些人说它是月亮

过大理

轮船泊于渡口,它在睡觉
水草疯狂蔓延,试图缠绕
大理不是梁山
古城潜伏好汉
水路不是我的来路
也不是我的退路

天冷,落雨,又是一夜
风说风凉话
反复干扰我的咳嗽
洱海睁开眼睛时
我在吐血
身子不停地打着摆子
像被刑杖三百下

我不是弱不禁风的人

也未做伤风败俗的事

英雄不服水土,不便久留

无须等到痊愈

挥手而别,过渡口

秋风,已提前抵达

在孤山

崖下端坐,向湖面壁
看青鱼布阵,茶花稀落
木船上的小伙,用镜头
对着我
秋风不打诳语,我有捧湖敬天地之意
美人失约,英雄久邀不至
空怀举杯之心

湖水又降了几分,不是我贪杯
是太阳小呷了几口

而这一湖碧波
始终铁青着脸
仿佛我
——愧对落日与朝阳

冬日物语

窗帘拆下来,抖落一年灰尘
玻璃用报纸擦,使之光亮如镜

周末,哪也不去
一百二十平方米的小屋,画地为牢
在十六开诗书上,纸上谈兵
时间太少,满足不了我的思考

瘦身计划又落空
你种的多肉对应我,局部的饱满
午休练习安眠术,梦醒时口干舌燥
剥褚橙,默念一下种果的褚氏老人

黎明太冷,不宜晨跑
黄昏时想你
就去湖畔吹吹风

落日看着我，用饱含深情目光迎视它

借机将晚霞又耕耘一遍

二月十四日

二月十四日,西方情人节
这个日子,越来越全球化了
街边弥漫的香味
与不时相遇的玫瑰有关
仿佛只有这样
才能真正诠释今天

那些行色匆忙的路人
有些玩的是年龄
有些图的是时光
今夜,过把瘾就死的大有人在
我更愿意相信,有纯真幸福

只是千万别,以鲜花的名义
亵渎爱情

也千万别,以爱情的名义

糟蹋鲜花

聂耳铜像

他
总是这样站着
迎着风
像独自远眺
又像是
指挥世人放歌

落日下的孤山

树倒猢狲散,养猴人不知去向

小和尚在寺院

打瞌睡,碎碎念

女施主掏小钱,许宏愿

供桌上的竹筒,可摇出上上签

琉璃瓦翻新,有人说起

此去经年

落霞像件袈裟

盖在水面

孤山,散发着佛性

过文殊院

老和尚打扫庭院,收拢
纷扰的人间言语,苔痕上阶绿
大花狗进院不走,坐实了
一心向佛的信念

野火过处,风烟缭绕
不敢逢场作戏
在佛前,我以人格担保
心性向善,是一种挚诚的愿
与是否跪拜,无关

姚安记之龙华寺

不为烧香
龙华寺是深入姚安的选修课
举头三尺有神明，我懂
即使所有的蒲台都跪满了膝盖
我也会挚诚候在朝圣者身后
听每一句祈世的美愿

寺院之外，所有的枝叶挺入云天
把每一个春天托举得生机勃勃
季节制造的动感
总会有一些微妙的改变
高奣映铜像从室外移到了室内
几百年过去
铜像被人抚摸得额头锃亮
可凡尘里，依然有许多头痛

在寺院的一面墙壁

发现一首抒情的现代诗

字迹工整到让人惊喜

这是个适合我的好地方

可以静坐、反省、读诗、写字

且并没有远离，烟火中的尘世

松山寺檐下的青灯

被囚禁在笼子里的火
该如何证明,风来的方向
燕子不来落户
风铃的歌声唱给谁听?

青灯一直亮着
屋檐下一定有一扇庙门敞开
就算香火不旺
化缘的僧人也不会走得太远

千山黄遍,秋风打一个响哨
松山寺院的青灯
就与檐下风铃完成了一次
相互呼应的超度

登那色峰海,访十万大山而不遇

雾锁罗平,起步即如幻境
拾级而上,前不见古人
后来者依栏喘气
山拔高几米,雾就重几分
十万大山潜伏,按兵不动
我们都是不敢轻举妄动之人

海悬于空中,雾如浪花起伏
身边皆舵手,无臂可挽
一个人攀顶,隐姓埋名
唱怀旧的歌,吟悲情的诗
想无聊的事
觅你无踪迹,江山再美都是败笔

折返,几只猕猴蹲坐乱石之上
它们在看一群远道而来者的笑话

而山路蜿蜒回旋

像雾海茫茫跌落人海茫茫的心事

在罗平金鸡峰丛

蝴蝶在菜花上打结

互秀恩爱

蜜蜂成群,在花间忙碌

无妒忌之心

春风摇摆不定,像个和事佬

流水无形,是协调各方的润滑剂

尘世多么美好

而罗平总是占据春天的头条

落日盛大,笼罩万顷金黄

那辉煌的光芒,无比挚诚

仿佛上帝之手

抚摸一部巨大的圣经

男　人

夜的黑，上升
那些白，在一点点消沉
灯亮起来
电视的内容，除去新闻，都成了摆设

人到中年，看懂许多事
会隐藏心绪，有时缄默如老迈的父亲

子夜来临
倒进枕头冲女人说，关灯、睡觉
鼾声响，填实每个屋角，不高不低
日子，和大床一样踏实

核桃源

春风浩荡，须臾返青
像个古老的词牌名
坡上野草，反复
向一片上千年的核桃林
鞠躬、致敬
村庄里，鹤发童颜的老人
站在林间
也不过是一些小小牧童

西坡上，古树下，我们谈到光阴
山涧，配以流水的速度演示
石头在苍山风化，是另一种隐喻
命运
仿佛是一件不可抗拒的事情
喝酒划拳中，有人打着响指
戏说人间

有人悲从心生
徒生许多复杂的感情

而我却在放歌,赞美衰老
赞美这片核桃林,等到秋天
那些表面硬化的事物
紧握拳头,擎举起无数颗
仁义之心

海景房里的壁画

你总说
无风不起浪
我一直都在反驳

现在,让我们合上门窗
风进不来
雨也进不来

而大海
在一面墙上
——波涛汹涌

藐 视

碧香庭食府的鱼缸里
水声咕咚,一根管子吐出气泡
制造氧
制造源头活水

我隔着玻璃,隔着水
点了一尾鱼的名字
今晚,这个生命
将安抚我的饥肠

它略停顿我面前后,若无其事游走
那份淡定,瞬间,全是藐视

九龙瀑布遐想

水走到这里,并不畏缩
我也有纵身一跃的勇气

我见过的水,有些安于现状
有些亡命天涯
我熟悉的人,有些
像这一面瀑布,走着走着
就撕破了脸皮
就没有了声息

我见过的水,有些还大义凛然
视死如归
为自证清白会直撞石岸,扬巨浪
然后,头也不回地离去

新 年

日子在走

和某些隐秘在消遁

阳光、月色,背向而坐

匆忙的昼夜,今天与明天以年断句

远远地,爆竹响了

新与旧

都是一个托词

太多仓促我无从解释

落红一层铺过一层

不可知晓,谁是谁的尘埃

我刻下又一个流年

风中的都市,白驹已过隙

烟花浓浓淡淡不事冷暖

仿若,隔世的春天

莫让一些无辜的花草飘在风中

如果没有把我拒绝,那么
大姚,你必须包容我的矛盾
此时,整个昙华山都在沸腾
那些插花的人手忙脚乱

折一枝花,插在别处
其实这也是一种残忍
既然别无选择
有寄托就尽情寄托
能狂欢就放肆狂欢
但要提醒
在低头插花的时候
我们一定要想着
抬头折花的伤口
若没有掌握移花接木的技巧
可以避免的就尽量避免

能够留情的就手下留情

莫让一些无辜的花草

飘在风中,叫痛!

吉 时

蓝天很多余
白云也很多余

吉时已到,环山路布下道场
冬樱花,是成仙的狐

风,一阵一阵吹过
所有的美没被惊动
花瓣都在
我和你,也在

愿景,往年华里纵深
渗透了大片大片的花朵
念想不多,都是粉色
都是开在世上的修行

阳光落下来,风情万种

花枝妖娆的深处

我们,静候彼此

清明，在湘潭遇某君

庭院不大，打扫完落叶

挤满了一家人

从有限的薪酬里，抽出几张

换了点冥币，接济过去的先人

菊花装点的门面里

突然，就传出哽咽声

四月的湘潭，阳光像云南一样温暖

网络走漏了一位先生

祭祖的消息

相遇，千里之外的子孙

祖上原是邻里

返乡路，他走了几十年，不宜围观

擦肩而过时，用不变的乡音

致问候：祖先安好，君子可叩大美河山！

坟前的青松越长越直,越长越高

漂泊的人回家,都应低得下头,弯得下腰

在渔村

光阴陈旧,被几面老网又漏掉一些
握不住的细沙,从指逢溜走
三五渔民,借白酒一瓶,花生二两
和一副纸牌,在沙滩,打发潮湿的日子

捕鱼是个名词,不在乎多少
不食三月鲫,是他们的底线
漫游渔村,我看到
那些三天打鱼、两天晒网的人
时不时放生几尾
大腹便便的雌性

永远不要怀疑,那双手沾满鱼鳞的人
也有一颗菩萨的心

第三辑 多年以后

多年以后

我们围坐在炉火边取暖
雪花从窗前擦了擦屋内的昏暗
孩子们雀跃扑向室外

灯光是可以更明亮一点,我们拒绝
闭着眼睛说话
语调平缓,而皱纹深刻

又玩成语接龙,多年的老把戏
院子有竹
你说胸有成竹,我刚想接竹篮打水

孩子们推门而进,竹篮里
装着满满的雪
像新年礼物,我连连摆手
示意离炉火远一点

不要用雪来示范

我这一生并不生动的融化

窑 变

这是唯一能让他获得重生的方式

百年之后,化骨成了灰
将他与脚下的黏土搅拌在一起
捏一个泥人
请在他身上刻文字
可以是他生前写过的诗
别怕他痛,只有刻,才能铭心
他生性摇摆,必须用一次烈火固身

脱胎换骨后,如果发生窑变
那要感谢上天
他曾心地善良,巴心巴肝做过好事
但有时也不合时宜,过于耿直
误伤过一些人

现在,他终于认命

此时他身上,那不按常理的部分

是老天对他能反省前世的

怜悯

父亲的墓地

退避三舍后,他的空间
越来越窄小
要铲除灌木和杂草
避免它们拱动,地下的棺材板

未来可期,若有竹子入侵
要有包容心
这已故之人,他一生谨慎、卑微
有点小自私,但也有过高风亮节

挑几株仙风道骨的竹子
钻几个孔,贴膜,调音
让它们站成一排
朝北风吹来的方向

哦,多么地美好啊!所有的黄昏

这小小的庭院，总能传出
悠扬的笛声，那是晚风
在反复地吹奏我写的挽歌

父亲的墓碑

显考,端坐于中央
从此,在书面上我不能称他为父亲
端坐在左下角的每一个名字
都是和他有裙带关系的人

漆黑,石面发亮,一块新碑告成
立于群山之中
它收拢了散落各地的家人
像召集了阴阳两界的家庭聚会

人世有代谢,往来成古今
这一目了然的户籍页
是我为他老人家留存尘间的
一笔浓墨的痕

像谁从来没有亏欠过谁

把父亲的微信置顶
想他时,就给他发红包
二十四小时后,又自动退回来
我这样反复安慰和欺骗自己

山穷水尽的那些年
我曾有过漫长的一段落魄期
那时的状况,我极力隐瞒
也没有给过老家分文
心如明镜的他,从来不会
打破砂锅问到底

现在,阴阳两隔了
仍然不多说话
就这样维持着彼此的尊严
像谁从来没有亏欠过谁

跪向父亲哭泣

你使尽浑身的解数扶我上马
又送出一程
却等不来,我清明回去看你

说一些牵强的理由
你果然信了
可我真的回不去呀

山水不远,现实禁锢
你不再食人间烟火
而我能做的是,在南高原久久哭泣

寒食日

城市突然空了

我在清点一些远去的人

高原依然干燥

我在默念一首有雨的诗

往与生

唢呐哀怨,白发人哭
念祭文的和尚娓娓吟唱
一个亡灵一生的悲苦
原谅他吧,这一生不务正业误入歧途

一个诗人,恰好从灵堂前走过
脱口而出
原谅我这一生,咬文嚼字时光虚度

祭　扫

铲除杂草,打扫庭院
给祖先洗脸,四月亮堂
要确保每一块墓碑不蒙尘埃
给坟冢覆一层薄薄的新土
像今年的春装
然后点烛,燃香
磕头,默念
依然含泪
一万个人有一万种说词
风声鹤唳,草木皆兵
满山都是深情的呼唤
喊不来一个回头客

还有许多事要做

熬清清的粥,喝淡淡的茶
菜里的油盐,尽量少放,不再重口味
闲时邀人敲棋,落子不悔

风从寒窗过,笑看庭前落花
老鼠偶尔来访,我不追逐,不驱赶
但会模仿猫叫,爱跑不跑

天气好时,带上一尾鱼儿
到野外放生,以换个心情

把头发剪得很短
装阳光,装青春,装意气风发
装从无苦衷
能隐藏的白发尽量隐藏
能掩饰的风霜尽量掩饰

暂不适合削发为僧

还需要借助这点毛发警醒

父母已老,而孩儿尚幼

守车人

任孩子笑我,多此一举
推门之前,我习惯性地敲了敲
心里坚持,老屋有人

龛头之上,奶奶端坐
遗容慈祥,她目光能及之处
一辆破旧的自行车
是我年少求学的工具

老屋蒙上灰尘,香火不旺
室外杂草丛生,我内心荒芜
心生哽咽
转过身去质问父亲,近乎咆哮
都进城了,为什么不把她带走
为什么把一辆破车置于老人的眼皮下

母亲解围：老人托梦，不愿离开

老人说，都可以走，必须有一件旧物

让她看到

别子书

行至湘江,电话响起

撕心裂肺的哭泣

是孩子在苦苦追问归期

雨下得很及时

从车窗挤进来

在我的脸上任意地掠过

拭泪的纸巾雪白,起些褶皱

想不起,是怎样从我手中挣脱

像一只千纸鹤

随一江春水东去

荒芜是无法掩饰的

即使是在四月

所有的酸楚如果真的可以淹没

我也就不会呆若木鸡

车上的人,反复将我打量

分不清我是故乡人还是异乡人

给孩子

我写过的文字,百年后可当祭文
念一遍,然后化为灰烬

爱过我的人,你一定要
替我去感恩

相片不用刻意去找
手机里随便翻翻,有没有都无所谓

脊椎如果确实太弯,无法平躺
那就算了,反正我就一俗人

如果能有些遗产,我愿意捐给
比我们更贫穷的人

入土为安后,我还会留意

人间的冷暖

孩子,你一定要善良和安稳

我不愿从你身上看到,流离颠沛

回到虎冲村

千山重叠，封锁故乡的喜讯

金榜题名时、洞房花烛夜的好事

很少有人传颂，而丑闻

总是骑着白马，穿越高山流水

生怕我成为漏网的听众

这些年，儿时伙伴告诉我最多的是

人去楼空的厄运

死亡，像一根跳绳

不断绊倒虎冲村熟悉与陌生的人

我离开这里已经太久了

三十年河西，三十年河东

那些能喊我乳名的人大都已

作古

有些，去冥界可能又与我父亲

成为邻里

那一日,我站在虎冲村的杨树下
一个虎头虎脑的少年
从巷子冷不丁窜出来
目瞪口呆地打量我
我张了张口,终究没有喊出声来
我们都无法辨识,彼此的身份

寂寞令

雪的造访,是没有预谋的
不要怀疑
它覆盖不住蠢蠢欲动的春天
与炉火为伴的寒夜
最好打开一瓶啤酒
让冰冷的瓶口喂养火热的唇
有凉风在过道穿过,绕过脖子
不浓不淡的液体
在千回百转的肠道里
打探来时的消息
世界陷入无声,你也沉默不语
一个转身
我们都已不在原地

向一场不打招呼飘然而至的雪花致敬
它让我猝不及防地找到自己的影子

致聂耳父亲聂鸿仪

我一直以为,一个悬壶济世的人
可以较好地掌控自己的命运

自同春堂药店,早早打烊之后
就再也没有经营
我才知道,一个人,即使救过再多的命
并不一定就能够让自己增寿

在玉溪聂耳纪念馆
听讲解员说
这个叫聂鸿仪的父亲
死时很年轻,也死得很干净
没有留下一张照片

所以,我无法肯定
这一尊蜡像是否逼真

是否真的还原了一个先生的凝重

纪念馆内

虚构同春堂,陪那位母亲把脉,坐诊

只为让一个女人不再独守空房

红蜻蜓

（某日晒被褥，下班回收，上面竟然停着一只红蜻蜓）
我忙乱的手指
已触动你暗红剔透的翅膀
和晶莹赤裸的肉身
你却丝毫没有离开的迹象

多么妩媚的红蜻蜓

想必你是误会了
或者是出现了幻觉
我晒的只是被褥
不是幸福
床单上的温暖来自阳光
而我，也需要这种温度

你竟抓住一朵桃花的图案不放

一直以为

湿润的柳岸清新的草地

才是你的乐园

原来我误会了

你也迷恋桃花的容颜

不是不肯带你回家

也不是不想给你甜蜜的希望

只是因为

床单上以假乱真的桃花

与幸福无关

入 戏

戏台近在咫尺,剧情收场
千年旧事拼接成一张海报

在玉溪,偶尔看场老戏
与古人对话,看剧组串供
不说是非
生活不算红火
问候的短信,不复制,不群发
光阴似箭,别来无恙

春风不打诳语,呼啸而来
冬天一再承让,众草反复弯腰
表达歉意

早上无雾,黄昏无霾
太阳每天都像新生儿

时光多么恍惚

晚风吹来桂花香,难辨古今

夜宿洛阳

房间没有电脑
出门时也没有带手提电脑
在宾馆的前台
找服务员讨要了一支圆珠笔
夜宿洛阳的当晚
突然很想写首诗给你

构思时想到了洛阳的天气
也想到了洛阳昂贵"水席"
还有洛阳的牡丹
以及与牡丹一样鲜活的你
提笔时才发现
房间里没有纸张
也找不到一叶竹笺
想送你的诗不知写在哪里

写在心里你看不见

写在手里你牵不着

写在洛阳高高的城墙上

我怕城墙会拆建

离开洛阳时一个字也没有留下

多年之后,在这座古城

仿佛感受了一次洛阳纸贵

井冈一夜

那一晚,电闪雷鸣之后

雨声密集

像极了某场战事

风声鹤唳中,有人快马传讯

请示:水稻还未扬花,秋收可能推迟

起义,是否从长计议?

明知历史不可更改

我还是独自将旧事回放

在手机上打开一部老电影

熬了一个通宵

我是多么残忍

将那些熟睡了多年的人

又唤醒了一遍

那些鲜活的面庞

像从来不曾离去

虚 晃

定是在某一个晚上
他秉烛夜读的时候
被你偷窥到在书中的模样
抑或在摇曳的烛光里
虚晃着他并不真实的潘安貌
要么你凭什么说疼爱
好吧,就算这些都很俗
那说一点雅
你到底爱他什么
譬如说爱他有良田两三亩
有菜园一小畦,有池塘一个
蛙声中,荷花在月光下开得正好
爱他有青草地一片,有湘妃竹一丛
晨光中冒出一朵鸡枞
被露水洗得干干净净
干脆说疼他曾有桃花五六枝,似箭

枝枝插在生锈的伤口上

或者疼他在村口苦心经营茶铺和酒馆

你可陪他早出晚归,陪他虎落平阳

看他大口喝酒、划拳

看他英雄气短

看幌子,在炊烟袅袅的黄昏里招摇

桃花渡

最初只想问个究竟,桃花

纵身一跃,追随流水

如此欢快

一定有秘而不宣的隐情

俗语说了千遍,无人再听

岂止是落花有意,流水无情

这人间误判

想起经年

枯木返春,候在水旁

一直没有私奔者的消息

而春风摇曳,不改初衷

年年都在配合

那些桃木

对落花的放生

在积石关

黄河水在诉说，说前尘与往事，说要去的远方
我从大西南来
只带了七彩云朵
驾一条大河至龙门，去沧海修出龙的神威

我听到黄沙与水声张扬
涛声一泻千里，浪吼石穿

中原王朝的山关，有过剑与戟的烽火
石头一块垒一块
大禹的生命，凿入关谷沙沙作响
我攀缘两岸山崖
掌心上，华夏民族的魂灵威严站立

驼铃摇晃，安抚我奔突的找寻
大风齐腰袭来

唐蕃古道马蹄不绝
我的心，疯狂澎湃

想喝酒了
喝白酒，要纯正的辛辣
大碗大口放纵地生磕
只有豪迈，才能托住禹王石的柔情和悲悯

读《大河赋》，祈祷积石关在我梦里
开出轮回的雪花

祷告词

我的爱是如此干净啊

像雪

扑在雪上

是雪对雪的

表白

女神节

——致 SS

请允许我从你的一枝蜡梅说起

你用硬笔勾勒每个细微,不着颜色
暗香已外溢
空白之处,像雪铺大地
这简单的风骨,是我欢喜的

谈不上技艺,只算是一种爱好
你手执画笔的样子是我喜欢的
留白恰到好处,不喧哗,有静谧的美
伏笔全在你的文字里

行文流水,有悲悯,却不无限放大
有审美的情趣,三观不偏颇
不庸俗,也不献媚

这是真正的文艺气息

你有红色的血统，比我纯正
你夜夜挑灯，美文千篇
一半霓虹，一半嫁衣
这是我所爱的

我们的小屋一尘不染
我还爱你这小小的洁癖

俗 世

有一天,我会去郊外买块宅基地
可以不是很平缓,有点斜坡
不植鲜艳,那些漫天舒展
招蜂惹蝶的事物

种几棵核桃,也会开花,不绚丽
山青色那种
不养鸡鸭,这些短命的禽类
可以养只龟,我喜欢的
喜欢孤独的
见到陌生人也不欢不闹
时间真的会老
房子要通风,可坐南朝北
坐东朝西,要通电

黄昏会如约而至

落寞和俗世,也会如期而至

画你,难画沙

一页白纸,一支笔
纸张可大可小,笔是硬笔
先从习字开始
笔走龙蛇至页底
定睛一看
满满的一张纸上
全是把你的名字,进行
艺术设计

纸张翻过来,笔还是那支笔
寥寥数笔画故里
桥头小镇就不画了
画上一座石拱桥
桥下自然就是河
画上流水,画上杨柳依依
画你的样子也容易

可我怎么画啊

也画不出河底的泥沙

和那些远走的风烟

在这春天里

所有的桃花开了
一朵桃花与一万朵桃花要开
是一样的性质
在这春天里

春色如此美好
我已懒得做出说明
我在哪一簇桃花犯过心事
在哪一朵桃花上做过文章

为了配合
蜜蜂掰开一朵朵桃花的举动
那就干脆佯装一回少年
佯装一次春风得意马蹄疾
一日看尽长安花

肾结石

痛,好痛
痛到要命

坐也不是
站也不是
躺也不是

医生说不大
多喝点水会随时光流走
我问多少克拉
这是我唯一收藏的奢侈品
护士笑得捂肚子
笑得前倾后仰

我捂着生活
痛得趴下来

钱瓜山,桃花又落了一朵

城市扩张,并非虚张声势
挖掘机切割许多小径
制造出另外一条环山路
钱瓜山不富,也被卷入喧嚣

野兔没有户口,如何陪酒作乐
这是一种担忧
我们如此侵略,到底要构建多大的城堡
若干年后,城乡一体
郊外将不再是郊外
我们去哪里踏青、恋爱、拥抱、接吻
避人耳目
这是另外一种担忧

观松寺不倒,众神入主城中
关公把着大刀,依然不欺嫂子

念头一闪,车过拐弯

车灯移出路面,你要我看

斜坡上

桃花又落了一朵

中秋,我去了一趟搬迁后的烈士陵园

都挤在回家的路上

我迎着秋风踩着落叶去烈士陵园

小区在改造,路面在改造

路灯下的广告牌在改造

下水道在改造,煤气管道在改造

新上马的人防工程在改造

这座城市在一点点向着外围延伸

老部队搬离了原地

我搬离了原地

许多活着的人都搬离了原地

烈士们思想依然崇高,响应号召

顾全大局服从需要

将住宅进行迁徙

设计者的蓝图总很宏伟

红塔山的脊背上,一夜之间

无数的别墅拔地而起

雨后春笋,可用来形容生活

日新月异是另一个熟语

多年后我依然只会用这些简单

而陈旧的形容词

那时我很阳光,那时我很青春

那时我很幼稚,那时我很冲动

那时我会围绕着东风水库的大堤

疯狂地奔跑

那时我会在夕阳西下的堤坝上

任热气腾腾的汗水淌

晒古铜色的肌肉和脸庞

那时我会采一束野花编成花环

扣在自己的头上

想远方的姑娘

只有在东风水库的烈士纪念碑下

我才是世界上最挚诚和最安静的人

推土机上阵，挖掘机上阵

民工们卷起袖子，提着裤管

扛着铲子上阵

失眠如我者小心翼翼地捡拾骨骼

捡拾弹壳

捡拾烽火连天的岁月

捡拾锈迹斑斑的往事

捡拾洁白如水的月光

陵园是大了，墓地是大了

林子是大了，飞来的鸟也大了

但我的灵魂却总是觉得无处安放

其实我知道那些被迁徙的硬骨头

更多的像是我年迈的老父亲

没有几个愿意离开自己的老宅子

风雨桥

亭台和楼榭相同,在唤归人
风雨桥是往来的驿

与你牵手,走过去,有时,也走过来
如同,在桥上画圈

时光用旧了容颜
你我总在桥上,演绎过客的返程

洲大河

洲大河是圣洁的
不管离寺庙多远,河水终在吟诵梵音

一次次流连岸边,听水
在或澄或浊中,滤出的真实

来的时间,选在傍晚。能看见河中倒映的
夕阳、云朵、树影。看见落叶覆盖世尘
闲游的人,沾满烟火

与一棵树划拳

避开白天烈日的锋芒,拒绝
阳光下,万箭穿心的空白和恍惚
黄昏里,向暗暗积蓄力量的事物致敬
打探隐藏于其间的风声
听骨头响

顺应季节的更替
不再与绚丽的事物争宠
敢于在一棵早春的桃树下
自揭伤疤,与灌浆的枝丫
比命定的痛,比生命的韧性和硬度

与一棵树划拳,不论输赢
看千万朵花,在怒放

忆磨盘山

无须再去,我知道
这个季节的磨盘山
杜鹃、海棠、马樱花
那些大红大紫的事物落幕
山茶花乳白,率几只秋蜂
粉墨登场

忆起那年磨盘山
夜宿山顶
我喝烈酒,只为壮胆
跳三弦,想证实年富力强
迎寒风,打响哨,装轻浮
说自己的闲言碎语

我从微凉的夜风中移步换景

让出烽火台

只为了，月亮一点一点爬上来

藏在蕊里的风骨

分不清海棠与樱花的人
我不是第一个,也不是最后一个
三月,大姚起风了
昙华山风光,百草岭生动
妙峰山妙不可言
三潭瀑布浅吟低唱重复千年的情歌

把花插在哪里都行
长亭外,古道边
寨门、家门和房门
敬奉的神灵,土主,山神的神位
拴在牛角羊角上,插在农具上
插在小伙的胸前,姑娘的发梢

插花不仅仅是我一个人的事
啼血也不只与杜鹃有关

我也是有血的,我们都是有血的
以及昙华所有的花
只是希望,在我沸腾时,你回眸
看到的不是烂漫,不是轻浮
而是我,藏在蕊里的风骨

与父言

应景的雨,说下就下了
突然想起你,教我做人的训导
大疫后,病初愈,记忆有所衰退
一些古人越来越模糊
一首古诗,有时,也只记得几句
父亲,我保留了你的照片
我好怕有一天,也认不出你

返乡第一日,我们去看你
我和弟弟帮你打扫院子里的落叶
烧了纸钱,给你零花
以后,不用再和我说节俭
不够花销,就托梦
真的,我有钱,每一分都干干净净

今早就不上山了,不是路滑

是雨滴挂满的松枝上,再容不下我的泪

父亲,如果想家,就去看我微信留言
不用回复。我只想告诉你,在他乡
我身边的两个女人
她们,很爱我

我爱人间的回光返照

突然的安静,让我不太适应
你在家的夜晚,我习惯听到鼾声大作

我心里,如果你熟睡
没有声响,没有动静
就是一种反常
有突然窒息的风险
你起伏的鼾声,在艰辛的岁月里
对我来说才符合常理

灯火辉煌人间,让秉烛夜读的日子
一去不复返
这让我总是伤感
所以,父亲,当我看到你的坟茔上
出现的深深裂缝
我并不慌张

且有些小小的惊喜

我把这当作一个过世几年的人

一直都在凿壁偷光，并理解为

你的回光，在返照我的人间

访谈:俗尘下的春天

访谈者:师师(诗人,诗评人)
受访者:三锋(诗人,玉溪作协副主席兼秘书长)

师师:张老师好!因为诗歌,我们需要谈点什么。由此,面对你的第一本诗集,能否就你的诗歌创作思想、诗写风格和诗歌的精神肖像谈一点个体感受?

三锋:你好!曾经,你给我的组诗《寂寞令》写过评论,那是我获得云南省滇东文学奖(诗歌奖)的作品。多年过去,我始终认为那个评论,对我的诗写风格和创作思想分析到了极致,即:有痛感的诗写,有情怀的创作。你读懂了我的诗作,也读懂了我,这让我非常感动,知音!

事实上,我几乎算是一个对诗歌追求有精神洁癖的人,对好诗的认定,始终持守"情真、跳跃、留白"的个人观点,我拒绝诗歌炫技和文字投机,也拒绝高大上的虚假情感。看到俗常的美好,偶尔也歌唱,也发自内心地赞美,但我更愿意脚踏大地、触摸凡尘烟火,给予所遇到的人间全心悲悯。生命实践和诗写热爱，属于我认为的诗歌精神肖像范畴，这应该是文人的天职和追求，我讨厌言行和精神上的跪舔。诗言志，选择诗歌盛放自己的情感，仅仅是选择了生活的一种方式罢了。如果，还能用诗歌做点实实在在的事，不求有功，但求无过和无愧，那就是更完美的。事实上，这些年我的确以文字做过一些具体而有意义的事，了解我的朋友们都知道。

师师：诗歌对于你本人，是一种怎样的情结？你选择这个创作方向有什么缘由吗？本诗集作品的选编初衷是什么？

三锋：我有过十五年的从军经历，所以，即使早已脱下戎装，依然充盈浓重的军人情愫。而且，从中学起，就非常喜欢古诗词里那种"大漠孤烟""长河落日""铁马冰河"的意境，更沉醉于"醉卧疆场君莫笑，古人征战几人回"那种看淡生死的英雄主义气概和浪漫主义精神。军队塑造了我面对生活的坚韧、豁达，更多的是，赋予我悲天悯人的情怀。对这一切，最抒情的表达，我认为只有诗歌能够满足。诗歌必备的真挚、澄澈、剔透，能让我从文字里看到俗尘下的春天，想来这就是我选择诗歌作为主要创作方向的理由。当然，偶尔也写散文，只有小说不敢轻易下手。很堂皇的理由是工作琐碎、精力有限。没有太多时间去埋设一个又一个伏笔，并虚构一个又一个故事，因此，暂时不会尝试小说创作。

至于本诗集选编的初衷，很简单。我的诗写年限已十多年，又略为积攒了些颜值不算太丑的诗作，所以，想给自己的中年一个交代和总结。仅此，而已。

师师：读你的诗歌，大多是情感焦灼和生活痛感的体验，涉及生存与现实层面的外向交织，这种诗境的营造，是有意为之，还是个体的真情流露？你怎么评价自己的诗歌作品？

三锋：给你点个赞，一下就戳中了我诗歌的内质。诗歌的体现，一直是我写作中所关注的。我来自农村，参军、转业、走进城市，我的人生经历看似阳春白雪、风和日丽，但有着外人无法想象的艰辛与磨砺；再者，这么多年，生活中接触及目睹了许多人间苦楚和无奈，因而，我的诗歌表达会侧重于情感层面，也就是诗歌的内在逻辑，并加入抒情或说理，用以完成语言的空间关系。当然，可能过于理性，我的诗作会有情感焦灼和生活痛感的交织外露。这种意境的营造，大部分都是情感真挚的自然流淌。"礼失而求诸野"，我做不到乐府诗那样对现实主义精准描述，但越过传统的诗词与意境，我以我的语言制造诗写姿态，并尽力强化生存与现实及理想的关联，努力为生命添彩、去蔽。

我对自己的诗作有清醒认知，作品整体风格是向上的，有风骨、有苦难及悲伤，更有希望！我认为生活不应该只有阴暗和晦涩，诗人要目光放远，并相信未来的美好！

师师：记得我们闲聊时，谈到过作品的情怀。你怎么理解"情怀"在作品中的显现？在创作中又如何凸显"情怀"两字？

三锋：我所认为的诗歌里的"情怀"，说白了就是真情实感接地气，不虚伪，同情弱者、心系苍生、悲悯天下。在诗歌字里行间，凸显男人的大气和细腻，其中，人性是关键。以真情动人，从本真的起源开始，在无须卖弄的写意里，只有自己先期的感动和感悟，才可以放置天下感染他人。文学有文学的伦理道德，情怀、悲悯是人性关爱他人如自己之后接近的大善。诗歌本身，具有对生命大爱的核心价值观，创作中对当下、命运的哲学沉思与人生反省，能够让诗眼成为作品的深度意象，这是人性善良和"情怀"二字的更高一个层次呈现。现代诗继承了宋词的长短句式，而这自由的长短句，可以让我赋予人生更多的希望。

师师：自媒体时代，诗歌的创作量空前大增，但是学术界仍然在谈论诗歌"边缘化"这个问题,你对诗歌这种现实状态有关注吗?有何看法?

三锋: 自媒体时代,诗歌的展示除了纸刊,呈现场域变得宽阔、随意及随性,创作量空前大增。写诗,成为没有门槛的事,貌似人人都可以成为诗人。但我关注到,现在的诗歌创作质量良莠不齐,甚至可以说,好的诗歌很少。更多的,是分行的文字,并因为没有现代诗起码的美学内涵,都不能称之为诗。这些因素,导致诗歌在整个文学板块,仍然没有处于主流位置。由此,学术界也就充满忧虑,常常提及诗歌的"边缘化"问题。对于这种状态,我个人认为没必要太过于紧张,诗歌从褪去古典写作的神性、宗教和祭祀,到现代的自由伸展,强调艺术形而上,说到底,还是一种文体。作为诗写人,只要坚持自己的喜欢,遵从内心去写就好。大浪淘沙,金子,终现。

师师: 我知道,你刚完成了下乡两年的"乡村振兴"工作返回城市,这一段枯燥而辛苦的经历,应该说对你的个体承受力和精神定力是个考验,你是怎么处理这些层面与写作和生活的关系的?

另外,我很想知道,这次下乡,对你的诗歌创作有没有哪些方面的影响?

三锋：是的，我刚完成了两年下派驻村的工作任务返回单位，但这不是我第一次下乡。从部队转业到地方，之前我还有过两年下沉担任新农村指导员的经历，加上这次，我共在农村工作了四年。对于许多人来说，农村生活艰辛、枯燥，甚至无聊，我却认为这种历练是珍贵的。在农村的日子，我将更多精力放在参与规划村寨发展、宣讲和解读国家政策、乡村文化振兴以及处理村民矛盾和纠纷等许多具体事务上。下基层锻炼，更多是一种反哺、一种回归、一种感悟、一种修性，我在付出热情和体力的同时，身心收获更大。年少时在老家，我的父亲是村支书，从小亲历和见识父亲处理村务、村邻关系的各种方式方法，这让我在乡村工作中得到借鉴并派上用场。农村是我的根脉，是我的灵魂出发之所。短暂返回农村去，我跟着村民下地插秧、上山砍柴、赶羊放牛、坡地种橘、爬树采果，生活中的"还乡"，让我的心灵得到震动和洗礼。于写作，有了丰厚积累，我的作品更加关注民生、民心和民意。尽管这两年的诗歌创作量不大，但仍汇集成了本诗集的"去哀牢山"小辑，倒也算欣慰。这次下乡的思想沉淀，将是我今后的创作源泉和财富，因此，我成为家里有"矿"的诗人。

师师：当下，诗歌的同质化较明显，主要从题材、行文结构、意象营造等层面体现,你认为应如何规避这种风险?你眼里的好诗是个什么样子?你觉得应如何展示属于自己的诗写技法?

三锋:为了避免诗歌的同质化,我主张诗歌要有自己的个性和风格。固然题材、行文结构、意象等,规避不了同质化现象,但诗作本身的真我和切入视角,是因人而异的,这样的诗写,自会产生不同感。前面说过,我眼里好诗的样子,必有"情真、跳跃、留白"三点的有效配搭。目前,对于写诗,我还算不上成熟,谈不上有什么技法,但用心和用情始终是我的读写追求。"人情练达即文章",写作说到底是个体行为,是文人的一种自我修炼。

师师:你的诗观是什么?你现在的写作状态怎样?未来有什么写作规划?

三锋:我的诗观是诗歌必须有风骨。写了这么多年,我依靠诗歌滋养着自己的精神,未来会有什么改变不好说,但至少我现在还在坚持。历史是社会性的,我只能做好个体的自己。未来的写作,应该不会离开诗歌吧。我不是一个特别聪慧和勤奋的人,本职工作的琐碎消磨着我的创作激情,但那毕竟是赖以生存的饭碗,我别无选择需尽力做好。孔子说:"诗,可以兴,可以观,可以群,可以怨",我深以为然。如此,诗写自然是我的人生陪伴,且丰满着我的俗尘。

　　谢谢你在繁忙的事务中抽空,给我做此访谈,非常暖心和感谢。我唯有努力地写,才能不怠慢你的抬爱。

图书在版编目（CIP）数据

尘土之上 / 三锋著. -- 武汉：长江文艺出版社，2023.9
ISBN 978-7-5702-3153-9

Ⅰ.①尘… Ⅱ.①三… Ⅲ.①诗集－中国－当代 Ⅳ.①I227

中国国家版本馆CIP数据核字（2023）第091036号

尘土之上
CHENTU ZHI SHANG

| 责任编辑：胡 璇 | 责任校对：毛季慧 |
| 封面设计：源画设计 | 责任印制：邱 莉 王光兴 |

出版：长江出版传媒 长江文艺出版社
地址：武汉市雄楚大街268号　　邮编：430070
发行：长江文艺出版社
http://www.cjlap.com
印刷：湖北新华印务有限公司

开本：880毫米×1230毫米　1/32　　印张：6
版次：2023年9月第1版　　2023年9月第1次印刷
行数：3421行

定价：58.00元

版权所有，盗版必究（举报电话：027—87679308　87679310）
（图书出现印装问题，本社负责调换）